JN175470

歌集

# 胡蝶蘭

尾上せい

現代短歌社

# 目次

## 平成十八年


賀茂川堤　一三
ちどり橋　一五
監理職　一八
仕舞「半蔀」　一九
壇ノ浦　二〇
学位記　二三
市ヶ谷　二四
八月六日　二六
空知川の柳　二九
三浦綾子記念文学館　三三
正倉院展　三五

「一町一山」　三七

## 平成十九年

賀茂川源流　四〇
アルベルト・ジャコメッティ　四二
舞扇　四五
樹木医　四六
璉城寺　四八
湖北のかくれ里　五一
夫の遺影　五六
十勝野　五八
奥日光　六四
狩野永徳展　六七

## 平成二十年


冬の月　七〇

能装束　七二

「憧れのヨーロッパ陶磁」展　七三

月明かりのゲレンデ　七五

炭鉱社宅の絆　七八

「遊行柳」　八二

アンネの薔薇　八三

北海道アララギ歌会　八四

聖林寺　八七

遥かなる印度コルカタ　九〇

一、一路デリーへ　九〇

二、ファテープル・スイクリ　九五
三、アグラ・タージマハル　九七
四、ラジダーニ・エクスプレス　一〇〇
五、ヴィクトリア・メモリアル　一〇三
六、クイーンズ・マンション　一〇七
七、コルカタ街上　一一〇

## 平成二十一年

秋野不矩美術館　一一四
添田博彬先生を憶ふ　一一七
入院病棟　一一九
夫の奥津城　一二三
龍野の秋　一二六

正倉院展　一二八

平成二十二年

己が余生　一三一
転居　一三七
東京都民　一三九
新しき日々　一四〇
木香薔薇　一四二
仁科峠　一四三
藪椿の実　一四七
京都駅　一四九
ふるさとの家　一五一
ふるさとの音　一五三

東京の月　一五五

平成二十三年

十勝野　一五八
上村松園展　一六一
アッツ島　一六四
後楽園　一六五
娘の家　一六七
古賀正道さん　一六九
月見草の丘　一七〇
宮地伸一先生　一七二
里程標　一七三
黒人霊歌　一七五

平成二十四年


江差の町　一七七
外房の海　一七九
キリスト像　一八二
越前堀　一八四
夫のおくつき　一八六
キッシュ　一八七
下田　一八九
夜半の思ひ　一九一
娘の誕生日　一九三
屋形船　一九五
ふるさとの花便り　一九七

夫の五十回忌法要　一九八
榁　二〇一
カナダ人司祭　二〇四
己が遺影　二〇六
平成二十五年
ひとり住む部屋　二〇八
奥会津の秋　二一〇
最後の旅　二一二
あとがき　二一三

# 胡蝶蘭

平成十八年

賀茂川堤

雪残る北山見えて賀茂川堤遠く晴れたり今日より四月

スピードをあげゆく車窓に咲き続く雪柳の花
連翹の花

鯖街道に比叡大きく迫りきぬ麓の木立春めく
見えて

この宿に去年は散りゆく桜見き共に眺めし友
今年亡く

ししおどし石打つ音の聞こえくる寒さゆるびし庭に響きて

## ちどり橋

ちどり橋に立ちし遠き日君ありてめぐりし木場のことも遥かに

悼新貝雅子様

誕生日まで生きられぬと告げし君二月五日を
前にああ亡し

君に来し遅き倖せ「糠床をもちて嫁ぎし」の
み歌に思ふ

安らかな最後と聞きぬいのちの限り詠ひ通し
て燃え尽き給ふ

つひの一首と思ふみ歌が枕元の短歌手帳に書
かれゐしといふ

稲垣雅子のみ名懐かしく思ひ出づる始めて出
会ひし乃木坂の夏

健やかな日の君思ふ文明歌集題名索引ここに
遺れり

## 監理職

勤めゐし日々甦る聖堂に友の葬儀の始まるを待つ

監理職の孤独も見たり最後まで神に従順を貫きし友

## 仕舞「半蔀」

荒神橋をゆりかもめ群れてゆく見つつ仕舞
「半蔀(はしとみ)」の始まるを待つ
九十一歳「夕顔の上」を舞ひ給ふ花の精とも
君の清らに

かざし給ふ舞扇一瞬静止して目に鮮やかに扇の桔梗

「半蔀の内に入りて」と舞ひ終りますとき心われに返りぬ

壇ノ浦

まなかひに峰そそり立つ五剣山晴れ極まりし
冬の日に澄む

記憶辿りて来し壇ノ浦北遠く広がる海の今日
おだやかに

壇ノ浦を茫々と吹く潮風に琵琶法師の声きこ
ゆるごとし

そのはては長門へ落ちてゆく平家滅び伝へて
冬の海青し

六萬寺の大屋根丘の上に見え安徳帝住まはれ
し跡を訪ひゆく

幼帝も眺めましけむなだらかに広がる牟礼の
丘遠く照る

はるかなる寿永の悲劇を思ひゆく道にほのぼのと冬の蒲公英

学位記

楓若葉の映ゆる窓辺に囲む卓志遂げし娘祝ひて

家庭持ちて学び来し子の日々思ふ授かりしこの学位記見つつ

市ヶ谷

忽ちに二日過ぎゆき市ヶ谷に齢励まして来し会終る

槻の下に置かれし江戸城の石垣石も心にとめて市ヶ谷を去る

溢れ咲く夾竹桃の揺れ止まず見下ろす外濠の岸辺に高く

遠き記憶の夾竹桃と重なりて咲く一樹あり皇居外濠

夫の留守をまもりし東京の二年遥か中央線の車窓に思ふ

夫の遺骨を抱きて去りし日のことも茫々と東京駅ホームに立てり

八月六日

湧き上る熊蟬のこゑ空に満ち八月六日朝より暑し

三発目の核は使はれてはならず今日広島の日のわが祈り

浦上にて求めし小さきマリア像かなしき時にわれは手にとる

戦争を越えて生き来し昭和にも今より希望の
ありし思へり

秋の実りをさはに供へて還り来しみ霊と盂蘭
盆の今宵を共に

向き合ひてしみじみ若き夫の遺影いつしかわ
が子の如くなりいます

## 空知川の柳

空知川と石狩川の合ふところ川面ひらけて遠くひかれり

刻まれし君の筆跡なつかしく碑の前にみ声きこゆるごとし

（樋口賢治先生を憶ふ）

空知川より吹く風ありて君の歌碑のめぐりに
早き秋の来てゐつ

まゆみとふその名やさしく鈴なりの赤き実ゆ
れて空知野は秋

目もと優しき遺影がわれを迎へ給ふ樋口賢治
先生遺品展示室

天沼山人賢治政次の三人吟連歌たのしむみ顔浮び来

空知川の水辺いづことゆく川原ただ広々と虎杖さやぐ

この辺り冬の雪捨て場と言へり見ゆる限りを虎杖の原

空知川の柳芽吹くを詠みましきふるさとに今
日亡き君思ふ

濁りつつゆく水速し空知川恋ひきてひびくそ
のこゑを聞く

産炭地なりし遠き日思ひつつ空知川距てし
山々望む

## 三浦綾子記念文学館

尋ね来し屋根赤き家にこの朝三浦綾子の夫君と会ふ

笑顔絶やさず妻の綾子さんを語り給ふテラス明るき君の書斎に

木立ぬけて吹きくる風の匂ふなり遠く来し三浦綾子記念文学館

教会風の記念文学館親し入りゆく見本林にその白き屋根

展示されし中に見出でし堀田綾子の一首うれしも古き「アララギ」に

## 正倉院展

幹二つに分れし無患子(むくろじ)高々とさやぎて奈良の
秋深みゆく

思ひ来し「国家珍宝帳」全巻その端正なる墨
書を見たり

「天皇御璽」が墨書全文に捺されたる献物帳
なり朱鮮やかに
巻末に藤原仲麻呂の名も見えて「国家珍宝
帳」一巻終る

人だかりの中にかがやく濃緑色の瑠璃の杯(さかづき)に
われも寄りゆく

どのやうな音色響かせてゐしならむ象牙の尺八に思ふ遠き世

「一町一山」

大き見出しに旧産炭地の危機を伝ふ住みし上砂川の名も並びゐて

竪坑の無重力実験に復興をかけゐし閉山後の
日々も見てきぬ

通過しつつ見し砂川駅かの長き跨線橋今年な
くなりてゐき

ふるさとを失ふに似し思ひあり再建団体に転
落の町

「一町一山」なりし日遥か思ひ出づる峡のなかまど色づきてゐむ

## 平成十九年

### 賀茂川源流

北山と呼びて親しむ山々の奥ふかく今日は入りてゆくなり

柊野の名も懐かしきダム過ぎて賀茂川はここ
より山あひに入る

細き谷に家居しづまる雲ヶ畑山の若葉が目に
あざやかに

辿りつきし賀茂川源流深き山はいま石楠花の
かがやく季節

雲ヶ畑の五月石楠花の群落の匂ふ山みち登りゆきたり

賀茂川の此処がみなもと澄みし声に鳥の囀る梢を仰ぐ

アルベルト・ジャコメッティ

六甲山の晴れし朝をアルベルト・ジャコメッティ展見むと来りぬ

遠くまで続く街路樹かがやきて海見ゆる丘をくだりゆきたり

針のごとく細き彫像の立ち並ぶいま近々と見るジャコメッティ

「見ゆるがままに」を追求し続けしジャコメッティ並ぶデッサンに執念がみゆ

哲学者矢内原伊作とジャコメッティの出会ひを思ふ心ひかれて

めぐり来て歩み止めたり十センチにみたぬブロンズの放つオーラに

## 舞扇

金剛流高岡歳子の彩雲会親しく君を見し一日なり

能三代の家に生まれて能ひとすぢ齢重ねて人はうつくし

松篁の描きし落葉の舞扇シテの開かむ瞬間を
待つ

今日のために使ひ給へり松篁の落款あざやか
なその舞扇

樹木医

樹木医の人ら集まりヤマザクラの土壌改良を
してゐるに遭ふ

土深く根を張る桜掘り返されし土にその根に
陽はふりそそぐ

冬の剪定終りし薔薇の並ぶ花壇ここにも春を
待ついのち見ゆ

はかりかねし言葉かなしく思ひつつ夏過ぎ秋の過ぎてゆきたり

心閉ざし籠りゐる日をばうばうと春呼ぶ風の吹き荒るるなり

璉城寺

紀寺の跡と今に伝ふる璉城寺寒く晴れし日尋ねてきたり

拝観を乞へば鍵あけて導き給ふ秘仏をまつる小さき本堂

開かれし厨子に見たりき雲に乗り立たす阿弥陀仏来迎の世界

紀氏一族の祈りしみ仏かと仰ぐ白色裸形の阿弥陀如来像

鹿二匹小さき辻より現れてしばらく我の前をゆくなり

帰りゆく登大路の西遠く生駒に残る冬の夕焼け

## 湖北のかくれ里

踏み跡なき白川越えの道ひとすぢ茂るあらくさの中に残れり

ひと群の礎石きよらに静まりて志賀の山寺春の逝くなり

葭群が魞が消えゆく風景を見つつ亡き父のふるさとをゆく

ひといろに凪ぎし水海その奥に立つ伊吹嶺も光にかすむ

薄明の長き湖上に竹生島暮れゆくまでを窓に見てゐつ

街道よりはづれし菅浦（すがのうら）尋ねきて匂ふばかりの桜に遭ひぬ

入江に沿ふ菅浦の里菜の花咲き水仙咲きて人の影見ず

透きとほり啼く鳶のこゑ菅浦の入江に朝の日は高くなる

四足門（しそくもん）をくぐりて菅浦に入る思ひ来りしこのかくれ里

皇位追はれし帝に寄せし村人の心伝へて小さき鳥居あり

淳仁帝を祀るみ社氏子らは素足になりて詣づるといふ

水潜り泳ぐかいつぶり菅浦の鳥ものどかなり青き入江に

宮廷に供御(くご)を納めし菅浦古りし石垣も心ひくなり

葛籠(つづら)尾(を)崎より一直線に帰りくる舟ありエンジンの音ひびかせて

蜜柑ゆたかに春の日に照るかくれ里を心にとめて去りゆかむとす

夫の遺影

その日まで存(ながら)へゐるやと思ひゐし夫の五十回忌を思ふべくなる

われ一人齢重ねて四十歳の夫の遺影に今朝も
呼びかく

表情は日々異なりて濁流のあとの紙屋川水浅
く澄む

成行きにて買ひしししもたやに四十五年つひの
住処となりしを思ふ

## 十勝野

区劃されし畑広がりて降りたちし十勝野に澄みし日は漲らふ

ハルニレの樹齢一千年といふ樋口先生も見上げまししか

音更の道に蕨をつむみ歌今日音更に来りて思ふ

君の詠みし牧野のサイロも今は見ず思ひ茫々と十勝野をゆく

馬鈴薯のコンテナ高く積まれゐて収穫近し十勝野の秋

刈りとりし麦畑明るく続く果て疎林の上に白
き雲浮く

放し飼ひの牛舎も見えて先かすむ直線道路を
久しくゆきぬ

防風林をめぐらす農家点々と十勝野は聚落を
作らずといふ

入植者の村を沈めし青き湖面波も立つなし鈍くひかりて

半世紀のうちになくなりしもの多し我の暮しし空知の鉱山(やま)も

エゾニュウの霧に吹かるる狩勝峠足早やに人は来り去りゆく

樹林帯の霧深くなり大雪山国立公園にバスは
入りゆく

エゾシカの肉ももてなしの膳にのぼり今宵最
後の宴となりぬ

降る雨を聞きて眠りしトムラウシ朝霧うごく
谿に出できぬ

ここに見る十勝川源流なめらかに岩越えてゆく水が匂へり

雨過ぎし繁みに樬の濡れて咲くトムラウシ今朝は去りゆかむとす

来む年の約束もして別れきぬ新しき友を得し北の旅

## 奥日光

小杉放菴記念美術館大谷川の対岸にして夕べ訪ひ来ぬ

ゆくりなく見る放菴の作品に画商青山清治さん思ふ

赤倉の放菴を語り止まざりし友に画商の一念を見き

いろは坂を登りて湖の開けたり迫る男体山くまなく晴れて

この朝紅葉極まりし男体山鮮やかに広き空占めて立つ

滝の音間近に響く林ゆく白き木道の導くままに

一瞬のヤマメの産卵川底に黄色くなりし腹すりつけて

木洩れ日のきらめき止まぬ渓流にヤマメの新しき命生(あ)れたり

葉を落しし林明るし淡き影引きて娘と木道を
ゆく

狩野永徳展

モノトーンの「花鳥図襖」を第一室に掲げし
永徳展会場に入る

「花鳥図襖」に見ゆる勢ひ永徳は絵筆の走る
ままに描けり

権力者に重用されし永徳の飛躍を一双の屏風
に見たり

金に輝くそのインパクト「唐獅子図屏風」の
獅子がわれに迫り来

怪々奇々と評されし「檜図屛風」見つつ最晩年の永徳思ふ

己がいのちを削るごとくにかけ抜けし永徳最後は過労死といふ

## 平成二十年

### 冬の月

一行にて終りし今日の日記閉づ窓に明るき冬の月あり

あわただしく来て帰りゆく娘のために京の白
味噌雑煮を作る

遅き湯にあたたまりゐつ一日の終りて茫々と
ゐる時がよし

心さびしき時はさびしき曲を聞く古きカセッ
トテープをかけて

巡礼の旅に歌ひしハヴァ・ナギラ聞けば甦り
くるイスラエル

能装束

金剛家の能装束展見むと来ぬ七月終る能楽堂
に

能舞台の簡素と能装束の贅秘蔵の唐織を見つ
つ思ひぬ

「憧れのヨーロッパ陶磁」展

ミントンのトルコブルーにひかれきぬ古きや
きものとの出会ひ思ひて

鎖国時代の乾山焼にすでにみゆヨーロッパ陶磁への遠き憧れ

セーヴルの瑠璃永楽の瑠璃並ぶ二百年前に極めし瑠璃といふ

薬壺(アルバレロ)に始まる東西のやきものの展憧れは新しきものを生みきぬ

はるかなる時代の風を感じゆく古きヨーロッパ陶磁見てきて

月明かりのゲレンデ

車中まで野焼きの煙匂ひきて列車は春早き小淵沢をゆく

安曇野は未だ冬景色行きゆきて真白き白馬三山見え来

一山の木々芽吹かむとする気配谿吹く風のつめたけれども

白く照りてゆるやかに雲の流れゆく三月に入りし白馬コルチナ

凍り始めしシュプールの光りゐる見えて暮れゆくゲレンデ俄に寒し

月明かりに夫と滑りしゲレンデの記憶皎々と甦りくる

長き冬を楽しむべしと買ひくれし赤きスキー靴のことも遥かなり

山葡萄の生りし社宅を思ひ出づ若くすこやか
に夫在りし日よ

炭鉱社宅の絆

禅林寺の若葉萌ゆる日遠く来て君の遺影のみ
前に立ちぬ

その一生を一直線に駆け抜けし君なり大きみ声懐かし

並ぶ献花に「三井鉱山」の名を見たり遠き昔にかへる思ひに

会ふ度に夫の死を惜しみ下されきその君もいまみまかり給ふ

同僚らすでに在さぬ告別式に長く生きましし
みいのち思ふ

従ひし矢切の渡し川風に吹かれし舟の記憶は
今に

戦傷に片耳きこえぬ君と知りき矢切の渡しに
揺られてゆきて

み柩の去りゆく見つつ穏やかなつひのみ顔を
思ひてゐたり

相会ひて語らふ鉱山(やま)の日々遥か少年準一くん
還暦を越ゆ

家族のやうに暮しし炭鉱社宅思ふ絆残りて鉱
山は滅びぬ

「遊行柳」

喜びの報謝の舞とのたまひし「遊行柳」よ最
後となりぬ

その命すでに悟りていまししか柩の舞扇見つ
つかなしむ

雲切れし空を仰ぎぬこの朝ひかりとなりてひとは逝きたり

## アンネの薔薇

二番花の薔薇園さびしきを巡りきてアンネ・フランクの薔薇に出会ひぬ

少女アンネに捧げられたる薔薇咲けり朝のひかりに花きよらかに

屈まりてその声聞かむアンネの薔薇に込めし少女の永久(とは)のメッセージ

北海道アララギ歌会

『飢餓海峡』を語りし昨夜を思ひつつ明けゆく津軽の海を見てゐつ

薄明の海にゴメ鳴く声のして水平線の明るみてきぬ

潮目濃く水平線の明けわたりいづこへ向かふか船の影みゆ

秋色の津軽海峡を越えゆききかの日共なりし
夫早く亡し

打ち返す波しらじらと明けゆきて函館の灯も
今は消えたり

巡りゆく函館朝市に威勢よく蟹売る男こゑを
かけきぬ

なつかしき方言を聞く朝市に北の大地のたう
きびを買ふ

聖林寺

秋深む一日出できて聖林寺の古きみ仏尋ねゆ
きたり

刈り入れの終りし棚田も見て過ぎて道はちひさき山寺に着く

開かれし扉の奥に十一面観音菩薩立たすを見たり

長きみ手を垂れて立たせる観音像明かりに浮かぶ影きよらかに

ほほゑみをひそめて立たす天平仏この山寺に
ほのか光りて

降り出でし雨に暮れゆく講堂跡濡れつつ草を
食む鹿のをり

夕闇に包まれてゆく丘に立ち見上ぐる二月堂
明かり点りぬ

暗闇に鹿の鳴くこゑ人絶えし大仏殿の奥より
聞こゆ

遥かなる印度コルカタ

一、一路デリーへ

若く逝きし夫を心に訪ひゆかむコルカタの町
遥かなりけり

テロのことはさもあらばあれ思ひ来しコルカ
タへ今旅立たむとす

キャンセルの空席目立つデリーゆき晴れし朝
空へ飛び立ちにけり

雪にかがやく富士の頂きを見下ろしてコルカタ目指す我とわが子と

バングラデシュを過ぎし頃より機窓遠く際立ちて白き峰々の見ゆ

峰澄みて遥か連なるヒマラヤよそのヒマラヤに沿ひつつ飛べり

ムンバイテロのほとぼりさめぬこの夕べデリー空港に降りたちにけり

デリー空港異様にあたり静まりて銃持つ兵士ロビーをゆきぬ

空港に時差をただしつつ甦る離り住みし日に思ひし時差なり

携へし夫の遺影を卓に置きデリーの一夜共に
眠りぬ

深き靄が茜に染まりデリーの街にいま太陽が
昇りくるなり

ミモザ黄に花咲くデリーの街をゆく夫と歩む
日つひになかりき

二、ファテープル・スイクリ

長くかかりてデリーの渋滞を抜けしとき芥子(からし)
菜(な)畠野に広がりぬ

料金所を入りしハイウェイを牛が来る次ぎて
駱駝が荷を下げてくる

ムガール朝の廃都たづねて芥子菜の花咲く小
さき村を過ぎゆく

村外れの丘に赤砂岩の城残る使はず捨てしア
クバルの城

ヒンズーとイスラム文化のとけ合ひし城壮大
に丘に遺れり

城門に群れ飛ぶインコに迎へらる冬日あまねきスイクリの丘

鶏頭の花咲く廃都冬の日に花も建物も深き翳を引く

三、アグラ・タージマハル

再び来しアグラの町に入りゆきぬこの地に逝きし夫を思ひて

告別式にこらへし涙夫果てしアグラに来し日あふれし思ふ

巨大なるゲートくぐりて遠き記憶のタージ・マハルを再び見たり

鮮やかなサリー靡かせて人らゆくタージ・マハルのかがよふ朝を

大河となり流るるヤムナ河のほとり荼毘に付されし夫を思へり

火の玉を見しとふ村人の証言をバイカウントの最後を思ふ

## 四、ラジダーニ・エクスプレス

コルカタへ発つ日となりぬ夫住みゐしその町にいま娘と向かふ

コルカタまで十七時間ラジダーニ・エクスプレス静かにデリー駅出づ

印度人車掌のくれし赤き薔薇ほのか香りて旅
の始まる

並走する石炭貨車を見つつ思ふ鉱山技師なり
し夫の生涯

志半ばに果てし夫の無念印度の大地を踏みて
思ひぬ

明かりなき原野果てなし印度亜大陸横断列車
にひとり覚めゐつ

朝靄の中に見えくる沼ひかり列車は小さき駅
を過ぎゆく

上段ベッドに娘も目覚めゐるらしき西ベンガ
ルに入りし列車に

## 五、ヴィクトリア・メモリアル

入りゆきしマザーハウスに縁取り青きサリー
纏ひし修道女に会ふ

遺品の大きサンダル見つつ来日されしマザー
・テレサに会ひし日思ふ

壇上より訴へましマザー・テレサのかの太き声甦りくる

亡き夫のスケッチブックに描かれゐしヴィクトリア・メモリアル訪ねてきたり

英国支配の名残りのヴィクトリア・メモリアル近づく程に巨大に迫る

折にふれて来てゐたるらしメモリアルのスケッチ多く夫の遺しき

澄みし声に鳴く鳥のゐてヴィクトリア・メモリアル見ゆる木蔭に憩ふ

子には子の思ひあるべしメモリアルを頻りにカメラに収めゐるなり

花の咲く小径をゆけば亡きひとのおどけて現れくるかと思ふ

スケッチブックの最後に自画像を遺しゐき四十歳のおもかげ永久(とは)に

ひろびろと夕づく苑にヴィクトリア・メモリアル白く暮れ残りたり

## 六、クイーンズ・マンション

始動する黄のタクシーにコルカタの朝明けゆくを窓に見てゐつ

「パーク通りのクイーンズ・マンション」夫の住みゐし跡をこの朝尋ねゆくなり

メトロ出でしゆくてに「クイーンズ・マンション」の文字いち早く子の見出でたり

夫の遺しし写真にスケッチに見ししマンションそのマンションの前にいま立つ

「お父さん」と呼びかくる子と亡き夫の住みゐしマンションを見上げてゐたり

夫逝きて四十五年心幼く父恋ふる子の姿を見たり

かの窓に何を眺めて暮しゐし単身赴任の日の夫思ふ

ガジュマルの茂る中庭に立ち尽くしぬここに若かりし夫を思ひて

## 七、コルカタ街上

カルカッタがコルカタとなりし町をゆく消え
ゆきし名をひとり恋ひつつ

大声のベンガル語しきりにとび交ひて朝より
賑はふ露店をゆきぬ

在りし日の夫より聞きしカルカッタをいま懐
かしみ歩みゆくなり

白きサリーの修道女出で来し建物が「死を待
つ人のホーム」と知りぬ

死にゆく人を只抱きしめしマザー・テレサ貧
しき人にキリストを見き

貧困を作りてゐるはカーストと若き印度人紳士言ひ切る

亡き夫も来ませコルカタのこの夕べ子らとワイングラスを掲ぐ

土嚢積みて立つ兵士みゆ別れゆくハウラー駅も常ならぬさま

亡きひとも見送りてゐむハウラー駅去りゆく
胸に痛み走りぬ

ナビゲーションに映る印度の国境を見つつ亡
き夫に別れ告げゐつ

二十一時四十分とメモしたり印度の空とここ
に別るる

平成二十一年

秋野不矩美術館

一輛のワンマンカーは揺れながら合歓の花咲く遠江をゆく

降り立ちし木造平屋の二俣駅風は駅舎を吹き抜けてゆく

二俣城をめぐりて戦国武将らの争ひし野にカンナが赤し

二俣川の流れに沿ひて尋ねゆく陸軍中野学校の跡

未だ兵舎の残りゐし日に兄と来ぬ五十年ここに過ぎて茫々

二俣大橋越えて登りとなる道を秋野不矩美術館たづねゆきたり

天竜杉を使ひし秋野不矩美術館ふるさと二俣の丘に建ちゐつ

秋野不矩の絵画世界を開花させしインドを思ふ「ガンガー」の絵に

添田博彬先生を憶ふ

夜更け鳴る電話に添田先生のみまかりましし
ことを知りたり

危ぶみつつ憂ひつつ君の月々のみ歌読みきて今日の悲しみ

出会ひしは夏期歌会の夜新宿の店に集ひて共に若かりき

熨斗紙に「おみやげ」と書きて「リゲル誌」を下されし広島の一夜を思ふ

みなぎらふ海の光に立たす君鞆ノ浦吟行の写
真に遺る

入院病棟

外来より入院病棟に運ばれて予期せぬ日々の
われに始まる

点滴の管に昼夜をつながれて心もいつか病みてゆくなり

ここに娘を産みし日思ふ戦地帰りのナース等多く見かけし時代

軽々とわが体抱き上げしナースゐき戦火くぐりて来しその腕に

真夜中の病棟を走りゆく男わめくその声を病
室に聞く

叫ぶ患者の心思ひぬ午前二時の病棟はまたも
との静けさ

限りなくマイナス志向に落ちてゆく病室とい
ふ白き空間

これが我の腸かと見つむ鮮明にカメラ捉へし
その映像を

原因の分らぬままに退院す秋の雲白くひかり
ゆく朝

夫の奥津城

退院後の身を励まして出でてきぬけふ命日の
夫の奥津城

目に見えて進む衰へを思ひゐつ年々に来る夫
のみ墓に

この秋は早く咲き出でし萩の花もうれしかり
けり夫眠る丘

裏参道を歩くは幾年ぶりならむ色づく如意ヶ
岳近々と見て

丘の上の広き墓原よく晴れてつくつく法師の
鳴く声きこゆ

老の一年過ぎゆく速し小さきケーキに蠟の火
点すわが誕生日

届きたるバースデーカードは晩年をアメリカ
に移り住みし友より

なつかしき四つ身着てゐる写真ありせい六歳
と父の筆蹟

失ひしものを心に刻みつつこのふるさとに命
ながらふ

## 龍野の秋

朝焼けを映して揖保川の流れゆく山あひの町
未だ眠れり

醬油工場の白き煙に日の差して見下ろす龍野
の朝明けわたる

色づきし雑木林に入りゆきて三木清哲学碑の
前に立ちたり

夭折の哲学者思ふ碑のめぐり小春の日差し穏
やかに照る

三木清の遺品数々立ち寄りし霞城館にてゆく
りなく見つ

創元社の『人生論ノート』若き日のわれの書
棚にもありし思ひぬ

着きし宿に子と眺めゐつ播州の空染めて秋の
日が落ちてゆく

正倉院展

藤三娘の署名を見たり「楽毅論」に始まるこの年の正倉院展

端正なる墨蹟匂ふばかりなり「楽毅論」に見ゆる光明皇后

二十センチに満たぬ緑牙（りよくげ）の御刀子（おんたうす）に愛用されし帝思ほゆ

呉女面に見ゆる口紅ほのぼのと紅はいのちを
かがやかせゐき

花形の大き銀皿多彩なるビーズの瓔珞が郷愁
誘ふ

「愛宕(おたか)郡」の文字あり正倉院古文書にわが町
の徴税台帳残る

平成二十二年

己が余生

東京に住まぬかといふ子の言葉心にありて秋

深みゆく

考ふることもなく来しわが余生不意をつかれ
し思ひなりけり

捨て切れぬものに埋まりて暮しきぬ夫亡きあ
とをこの古里に

子等の勧むるマンションを一目見に来たり未
だ心の決まらぬままに

三十三階一気に昇り来て見たりその果てかすむ東京の街

たち切れぬさまざまはあれ残る日々身軽になりて生きたかりけり

妙心寺の鐘きこゑゐし日々ありき今テレビにて聞く除夜の鐘

胸に刻みて聞きたる除夜の鐘思ふ夫逝きし昭
和三十八年

ふるさとに聞く除夜の鐘東京に移りてゆきて
思ふ日あらむ

この町を囲む山々しみじみと見てゐつ去るを
決めし心に

期待あり不安のありて四十六年住み来し家の始末を始む

残されし日々を思へば言ふままに子等の近くに住むを決めたり

移り住む荷をまとめつつ思ひゐつ何も残さず逝きたる母を

少しづつ片附きてゆく家の中に我の居場所の
なくなりてゆく

この町の人らにたすけられし日々夫亡きあと
を越して来りて

上平町四十五番地朝に比叡を夕べに愛宕を仰
ぎて住みき

## 転居

夫と暮しし鉱山（やま）のアパートを思ひつつ老いて
移りゆく一ＬＤＫ

晩酌の姿たちくる九谷焼の徳利も引越の荷に
納めたり

八十四年を一気に整理する日々にあはれ身の
回り軽くなりゆく

父母(ちちはは)を兄を送りしふるさとを去りてゆくなり
子の言ふままに

足もとより沁みくる寒さ齢重ねてこのふるさ
との底冷え思ふ

表札を外して最後の施錠せり四十六年住みし
この家

東京都民

果て遠く広がる東京の空を見て三十三階の暮
し始まる

在さばと思ふ新貝雅子さん隅田川のほとりに
住むべくなりて

赤きバスに乗りて帰りぬ転入届終へて東京都
民となりぬ

新しき日々

朝靄に浮かぶまどかな日を眺む三十三階の窓
をひらきて

未だ明けぬ街の彼方にひかる海太陽はその海
より昇る

水満ちて流るる川面さわだてり隅田川はいま
上げ潮のとき

慌しく過ぎし家移りの日々思ふ遥かになりし
記憶のごとく

木香薔薇

満開の木香薔薇を見せたしと新しき住所に便
り届きぬ

咲き満ちし木香薔薇の花にあふ亡き伯母の丹精こめしその庭

はつなつの光に木香薔薇咲けりしだれて咲けり伯母亡き庭に

仁科峠

家移りを終へし一日西伊豆の海見むと子等に伴はれきぬ

登り来し仁科峠に立ちて見つ未だ枯色の熊笹の原

稜線より湧く雲高し視界遠くひらけし仁科峠をゆきぬ

背丈越ゆる熊笹の原風に鳴るさやぎ果てなき
中に佇む

くづれ落ちし断崖の下に海碧し黄金（こがね）崎今も崩
落つづく

西伊豆の海に沈む日眺めゐつ水平線に消えて
ゆくまで

老いてなほ美しきものを見むといふ君のみ歌を思ひゆくなり

くらやみを雫に濡れて越えゆきき今灯の点る天城トンネル

病癒えてわが子と二人の旅なりき天城峠に思ふ遠き日

## 藪椿の実

住まずなりし家の風通しにゆきし子より京都の初夏を伝へてきたり

藪椿の青き実ふたつ手放さむ家の庭より子の持ち帰る

桜咲く日に移り住みしを思ひゆくいま葉桜の隅田川堤

蕗一把茎も葉も茹でて香り立つ厨に己れ取りもどしゆく

東京湾の青く見ゆる日続きゐてわが住むめぐり夏に入りゆく

古きビデオに残る亡き夫生き生きと印度の街を歩みゆくなり

四季折々の花を咲かせて親子三人住みし吉祥寺たづねてみたし

京都駅

京都駅停車に一瞬よぎる思ひここに帰りゆく
家今は無し

不粋なと嘆きし京都タワーみゆふるさと離れ
しいまは親しく

手放さむとして懐かしく思ひをりかぶらぎ門
のありしかの家

ふたば葵の花咲く頃か去りし家の五月とりと
めもなく甦る

ふるさとの家

意外に早くその日は来たりふるさとの家がわ
が手を離れゆく日の

壁に残る額縁の跡も思ひ沁む夫の絵掲げて住みし明け暮れ

よき日々の記憶を胸に去りゆかむ四十六年住み来し家を

父の記憶少なき末の弟に父を語りて夏の夜の更く

## ふるさとの音

明日は人手に渡るわが家と思ひつつかぶらぎ
門を開けて入りゆく

家中の窓明けて通りくる風に住みゐし日々の
記憶はかへる

最後の春をよく咲きくれし藪椿深き茂りを見
つつ去りゆく

遠く来て清むる夫の奥津城に今年始めての蟬
のこゑを聞く

身軽になりて生きゆく余命ふるさとに残るは
み墓のみとなりたり

鴨川のせせらぎを聞きて眠りゆく耳にやさし
きふるさとの音

東京の月

東京湾花火一万二千発引きも切らずに打ち上
げられぬ

ベランダにひとり見てゐつ身に響く打上花火
に息をひそめて

ふるさとは秋たつ頃か菩提寺より夫の回向を
伝へて来たり

置きて来しみ墓を思ふひぐらしの声が聞こえ
てくる思ひして

いざよひの月がまどかに昇りきぬわれひとり
見る東京の月

平成二十三年

十勝野

下降する機窓に一すぢの海岸線見えて再び十勝に来たり

登りきて視界ひらけし扇ヶ原よぎり来し野を
一望に見つ

果てかすむ十勝平野をまなかひに吹きくる風
に茫々と立つ

ゆきゆきてその果て見えぬ十勝野を一直線に
走りゆくなり

収穫の終りし畑に群るる鴉北のからすは大地
を歩く

デントコーンに吹く風ひかる野をゆきぬ十勝
連峰けふよく晴れて

十勝平野のただ中に建つ友の家マリーゴール
ド咲く日に来たり

入りゆきし車庫に近々と見上げたり友のトラクター又ポテトハーベスター

スケールの異なる北の農を思ふ澄みし十勝の空を見上げて

上村松園展

逝く夏の「上村松園回顧展」見納めとなる思
ひに来たり

生れしは四条御幸町松園の育ちし遠き明治恋
ひゆく

気品漂ふ女を描きつづけたる松園に長くあく
がれてきぬ

松園を母校に迎へし日を思ふ「夕暮」除幕式
の遥かな記憶

「夕暮」に漂ふ情感なつかしく過ぎしよき日
のふるさと思ふ

狂ふばかりの嫉妬を描きしただ一枚の絵に松
園の情念を見つ

## アッツ島

クルーズの船上より見しアッツ島ゆくりなく
今宵のテレビに映る

玉砕のさきがけなりしアッツ島未だ勝ちいく
さと思ひゐし日に

かかる果てまで来て戦争をしてゐしかアッツ島を目の前にして思ひたり

すき透る海にわが投げし鎮魂の花束永久に漂ひをらむ

後楽園

広島カープに熱くなりゐし日を思ふ東京ドー
ムの前よぎりつつ

いつも何かを追ひかけてゐき若かりしいのち
懐かしく思ひ出づるなり

このひと品を待つ子らのゐて大つごもりの厨
にたたきごばうを作る

## 娘の家

川床の広く乾きし水無川ここを越ゆれば秦野
間近し

久々の子の家なりきキクモモの花咲き満つる
ときに来にけり

幼かりしわが子の姿甦る七段飾りの雛人形に
ぼんぼりに明かり点しぬ雛壇の古きひひなも
華やぎてみゆ

千歳(ちとせ)盆を出しきて薄茶を点てくるる縁に差す
日のけふ穏やかに

## 古賀正道さん

み名の肩に小さく故の字の印されて古賀正道さん逝きましゝを知る

途中下車して訪ね来ましゝを思ひ出づみ名知るのみの初対面なりき

手を振りて寒き渡月橋を去りましかの日の
友が最後となりぬ

「御聖堂までの日々の巡礼」古賀さんらしき
一首に諏訪の晩年思ふ

## 月見草の丘

ズリ山に咲く月見草を詠ひたり始めて作りし
一首なりけり

月見草の群れ咲く丘に始まりし夫との新しき
日々思ひ出づ

六十年昔が鮮やかに甦る月見草の一首を今に
愛しむ

宮地伸一先生

寒き風に吹かるる牡丹を見てゐたり君を弔ふ
長昌寺の庭

夏期歌会のあとを新宿にくり出しき君若く従
ふ皆若かりき

膝つき合せ語りし居酒屋の狭き二階君との遠き出会ひを思ふ

いのちの限り詠ひ通して逝きましき花に埋まりしみ顔安らに

里程標

日本橋のたもとに見出でし里程標京都まで五
〇三粁とあり

帰り住むこともなくなりし故里を思ひて里程
標を見上げてゐたり

ちちははの在りて故里なりしかな世代移りて
ゆく世に思ふ

## 黒人霊歌

賜りし黒人霊歌のテープかけて矢野伊和夫さんひとり偲びつ

やはらかきみ手に握手をされし日の記憶遥かに広島歌会

小さき地震過ぎて日曜の午後長し夏に入る空
雲ひとつ浮く

夕焼けに染まりし空を見上げゐつデリーの夕
映えを思ひ出でつつ

まぎれなく夫のみ霊に導かれゐしコルカタの
三日を思ふ

平成二十四年

江差の町

日本海の波寄る江差を思ひつつ朝函館の町を出できぬ

鷗島に砕け散る波を見つつ思ふここに来まし
し樋口賢治先生

はまなすの九月の花をかなしみますみ歌遺れ
りこの鷗島

家紋染めし暖簾の奥に今も住む江差の網元を
たづねてきたり

## 外房の海

降り立ちし御宿(おんじゅく)駅の小さきホーム海は見えねど潮の香のする

椰子並木影引きて立つ駅前通り忽ち尽きて人の影なし

連なりて寄せくる波の幾重にも外房の海色濃く晴れぬ

夜半覚めしときも海鳴りの聞こえゐつ台風は未だ遠くにありて

弘法麦に朝つゆひかる砂浜を渚めざしておりてゆきたり

サーファー一人波に乗りゐるを見てゐたり御宿の沖真青に晴れて

北海道を去る夏行きし留萌の海夫と最後の旅なりしかな

水着つけし娘と遊ぶ夫の姿生き生きと八ミリフィルムに遺る

波におびゆる娘にもろ手差しのぶる夫の笑顔
の今も目にみゆ

子の為によき思ひ出をとくり返し言ひゐし夫
よ若く逝きたり

キリスト像

ピラカンサこぞりて赤き実をつけぬ己れ励まして生きゆく日々を

めぐりゆきしスペイン北の巡礼路に今も忘らえぬキリストの像

苦しみの極みに漂ふ笑みを見き十字架上のキリスト像に

## 越前堀

江戸時代の古地図見てゐつこの辺り松平越前守の邸あとといふ

今に残る越前堀の名も親し小さき橋越えて花を買ひにゆく

遠くまで見ゆる秋の日おだやかに一生の終り
を東京に住む

夫のおくつき

離れて思ふ夫のおくつきかの丘に比叡おろし
の吹きくる頃か

亡きひとに遅れし長きいのち思ふ隅田川流るるほとりに住みて

一年後となりし亡き夫の五十年思ひはかへるかの夕ぐれに

「日本人三人遭難」のテレビニュース唐突に夫の死を伝へきぬ

甦る言葉かずかず己がいのち予感してゐし夫かと思ふ

テープに残る夫の声あり永久保存と記して再び聞きしことなき

キッシュ

作りくれしキッシュ囲みてとる夕餉今宵は家族のゐる夕餉なり

見覚えある蒲団に深々と身を沈め娘の家に一夜眠りぬ

手の届くところにわが子のゐる暮し思ひてゐしがいつか眠りぬ

## 下田

穏やかに晴れし師走の一日を下田へ向ふ電車
にゐたり

喜びの旅ありかなしみの旅ありき昔下田に来
し日を思ふ

降りたちし下田の町に思ひ出づる三十年昔と
なりし日の旅

やはらかき冬の日に照る爪木崎白き灯台に人
ら集まる

水平線とふ遥かな一線空の青と海の青とを二
分けにして

潮風に吹かれつつ咲く野水仙さきがけて咲く
花に寄りゆく

目を閉ぢてもまぶしきひかり水仙の花咲き満
ちし丘に佇む

## 夜半の思ひ

顧みることもなかりし己が生をめざめし夜半に思ひてゐたり

八十六年の中の十年還るなき夫との日々が思ひ出されぬ

不器用に娘抱きゐし夫を思ふ抱けば泣き出す子に戸惑ひて

法要は四月と決めぬ亡き夫に見せむふるさとの桜思ひて

娘の誕生日

風未だ寒き三月誕生日を迎へし娘とともに出で来つ

節句の日に生れて節子と名付けたる夫のよろこび思ひ出されぬ

過ぎ去りて思ふ歳月しみじみと今年銀婚を子等迎へたり

鏡の前に帯結びゐる子の姿逝きし夫にも見せたかりけり

## 屋形船

春めきしこの二三日ふるさとの疏水の桜もふくらみてゐむ

銀婚を迎へし子等に招かれて春浅き隅田川に一日遊びぬ

桜には早き隅田川をくだりゆく昔ながらの屋形船にて

身内つどひて遊ぶ川船齢重ねてかかるのどかな一日に出会ふ

嫁がせて過ぎゆきし日々母われの役目も今は終りし思ふ

## ふるさとの花便り

ふるさとより届く桜の花便りゆきて亡き夫と
共に眺めむ

五十回忌近づく日々に思ひゐつこの日までは
と存へてきぬ

亡き夫に遅れし五十年思ふみ墓にひとり待つ
夫思ふ

夫の五十回忌法要

五十年になりし夫の忌しみじみと思ひて真如
堂山門を入る

人影もなき真如堂一山に萌えたつ楓若葉と出会ふ

新しき卒塔婆を立てしおくつきに夫遭難の日の甦る

如意ヶ岳近々仰ぐ奥つ城をよろこびし夫よここに眠れり

四十歳を一期と果てし夫のいのち思ひおもひ
て五十年過ぐ

会ふことも稀のはらから夫のみ墓にこぞりて
集ひくれしを思ふ

歳月に目立たずなりし夫のみ墓桜散りくる丘
にしづまる

長きいのちを生き来し思ふよろこびも悲しき
記憶も今はおぼろに

黒々と墨跡匂ふ卒塔婆立ち夫の五十回忌法要
終る

樒(しきみ)

挿木して育てしといふ子の庭の樒み仏に今朝
は供へぬ

花背峠の樒手折りて遠き昔人ら都へ入り来し
といふ

隅田川の岸に沿ひきてひつそりと小花つづり
し捩(ねぢ)花にあふ

ねぢれつつ咲きのぼりゆくもぢずりの花咲く堤梅雨に入りゆく

除草機に刈り残されしもぢずりのひともと風に吹かれてゐたり

河口まで二粁と書かれし隅田川豊かに流れゆく岸に住む

石垣の夏蔦風にひるがへり季節は移る隅田川堤

カナダ人司祭

降る雨にくちなしの匂ひゐし記憶勤めゐし学園のことも遥かなり

齢過ぎし我を採用してくれしカナダ人司祭今
も思ほゆ

己がためのミサをたてましししその朝倒れし君
と伝へて来たり

分骨されし遺骨は君の愛したる衣笠山の土に
眠れり

## 己が遺影

黒縁の額に納めし己が遺影を姉は生前に見せてくれたり

最も輝きてゐし日の姿を遺影にせむと語りし姉の思ひ出されぬ

その時を迎ふる覚悟もなきままに己が齢を重
ねゆくなり

悲しみを封印して来し日々思ふ後半生も残り
少なし

届きたる胡蝶蘭一鉢長きいのちを励ましくる
る娘らのゐて

平成二十五年

ひとり住む部屋

夕べ澄む空を見てゐつ隅田川の広き河原にお
りて来りて

雨過ぎて涼しくなりしこの幾日秋はかけ足に過ぎてゆくなり

中天にかかりし今宵の月明かしひとり住む部屋もほのか明るむ

手作りのおはぎを喜びくれし夫今年も彼岸を迎へて思ふ

## 奥会津の秋

降りたちしかやぶき屋根の小さき駅囲炉裏に
薪の燃えてゐにけり

たづね来し奥会津の秋たたなはる山々遠くひ
かる雪みゆ

鮮やかな山の黄葉に二人住みし空知の秋が思ひ出されぬ

夫と二人めぐりし旅も遥かなり最後は留萌の黄金岬

風出でし気配にひとりめざめゐつ会津湯野上更けゆくままに

## 最後の旅

われに最後の旅となるべし津軽を越えてたづねゆく町夫と住みし町

過ぎ去りし日々はるかなり炭鉱（やま）の町に何が残りてゐるかと思ふ

大洗をあとに北を指す「さんふらわあ」太平
洋は青く晴れたり

思ひ来し北海道なり降りたちし大地に黄葉の
極まりし見つ

一直線のその果てかすむ道央の自動車道をひ
たすら走る

夕日の沈む山と親しみしピンネシリ見えて空知にかへりて来たり

駅前より二つに分かれゆく道あり右を辿ればわが家のありき

田島直人の植ゑしアカシアの並木みちなくなりて町営マンションの建つ

穂に出でし芒そよげりただ一軒残りし炭鉱社宅のありぬ

水澄みしペンケウタシナイ川見て立てり昔は黒き水流れゐき

炭鉱社宅の建ちゐしなだり木々茂り自然の山にかへりてゐたり

人を送りわれも送られし終着駅の駅舎残りて
線路いま無し

巨大なる選炭機工場のそびえゐきあらくさ茂
るその跡に立つ

大銀杏黄にかがやくを見上げゐつ人過ぎ長き
歳月過ぎぬ

なだらかに裾引きて立つズリ山の頂き澄みて
秋の逝くなり

来て仰ぐ竪坑櫓に甦るここに夫らの若き日あ
りき

炭鉱殉職者慰霊碑の前に浮かびくる竪坑完成
の日に逝きし友

一番方の終るサイレン鳴りわたりし鉱山（やま）の午後三時甦りくる

何思ふなき日々なりき幼かりしわが子と夫と鉱山の社宅に

逝く秋の日に照る駅前商店街みなシャッターをおろしてゐたり

六十年に残りしはズリ山と竪坑櫓晴れし峡空
に見上げてゐたり

どこからも見ゆるズリ山を眺めつつ還るなき
日を思ひゆくなり

夕べ着きし奥沢の宿その昔夫に伴はれ来し日
思ほゆ

シールつけて登りし記憶新雪の上砂川岳を今に忘れず

はまなすの赤き実ひかる砂浜を石狩灯台めざしてゆきぬ

果て遠くつづく砂丘を越えてゆく夫と来し日の記憶辿りて

塗り分けし色鮮やかに陸果(くがは)つる岬に石狩灯台
立てり

何もなき渚をゆきぬ茫々と過ぎゆく風にわが
身吹かれて

見てゐるは砂丘と海と秋の空遥かになりし
日々を思ひて

甦る記憶に浮かぶ夫若しかへり来ぬ日の中に
頬笑む

# あとがき

本書は『蠟の火』に次ぐ四冊目の歌集になります。夫の遭難から五十年たってその終焉の地をたずねることができました。集中の「遥かなる印度コルカタ」はその旅を詠んだものでございます。ニューデリーからコルカタまで列車で十七時間、印度大陸を親しく目にしての旅でした。最後の旅は夫と十年暮した空知の炭鉱町をたずねました。閉山後の炭鉱町は大方が木々茂る峡の姿に戻っていましたがズリ山と竪坑櫓が昔日の面影をとどめていました。歌集題の「胡蝶蘭」は「届きたる胡蝶蘭一鉢長きいのちを励ましくるる娘らのゐて」からとりました。

上梓にあたり御世話になりました三宅奈緒子先生を始め諸先生や皆様方に心から御礼を申し上げます。最後になりましたが出版の一切をお世話になりました現代短歌社社長の道具武志様、数々御助力下さいました今泉洋子様に厚く御礼を申し上げます。

平成二十六年十二月

尾上せい

歌集 胡蝶蘭

---

平成27年２月23日　発行

著　者　尾上せい
〒104-0033 東京都中央区新川2-27-4-3303
発行人　道具武志
印　刷　㈱キャップス
発行所　**現代短歌社**

〒113-0033 東京都文京区本郷1-35-26
振替口座　00160-5-290969
電　話　03（5804）7100

---

定価2500円（本体2315円＋税）
ISBN978-4-86534-079-2 C0092 ¥2315E